Poupée Bella

DU MÊME AUTEUR

La Voyeuse interdite
roman, Gallimard, 1991
Prix du Livre Inter
Prix 1537 de Blois
« Folio », n° 2479

Poing mort
roman, Gallimard, 1992
« Folio », n° 2622

Le Bal des murènes
roman, Fayard, 1996
Le Livre de poche, n° 14268

L'Âge blessé
roman, Fayard, 1998
Le Livre de poche, n° 14691

Le Jour du séisme
Stock, 1999
Le Livre de poche, n° 14991

Garçon manqué
Stock, 2000
Le Livre de poche, n° 15254

La Vie heureuse
roman, Stock, 2002
Le Livre de poche, n° 30055

Nina Bouraoui

Poupée Bella

Stock

Paris, 30 octobre 1987

Je veux une arme pour me défendre, je veux le plus beau corps de la terre, je veux que le ciel de la nuit me protège, j'ai de la folie dans la tête, j'ai de l'or entre les mains, je suis une femme, je suis un homme, je suis tout, je ne suis rien, je déteste les filles qui font trop filles, je n'ai rien d'une fille normale, je perds ma voix, je gagne un cœur, je bois une bière glacée, je danse seule devant le miroir de la chambre, je n'ai rien de silencieux en moi, tout bouge, tout crie, tout se déplace, je quitte la vraie vie, je suis un secret, avant, j'entendais : Elle a un drôle de visage, elle a un regard qui dérange, elle n'est pas douce, elle a l'odeur d'un garçon, elle s'habille n'importe comment, elle a une beauté spéciale, on ne sait pas ce qu'elle deviendra ; je sais nager, je sais écrire, je saurai aimer. Le jardin du Luxembourg est fermé, j'entends le bruit des feuilles, j'entends le bruit du vent dans les arbres, j'entends la ville et je ne suis plus dans la ville, il n'y a que mon corps, il n'y a que mon désir, je suis la Missy de Colette, je suis la Thérèse de Carol, je suis si petite, je suis immense dans la nuit, je sais et je ne sais pas, je peux et je ne peux pas, j'entre avant minuit au Katmandou, club féminin, j'entre sous la terre, j'entre dans mon corps, la nuit est un brasier. C'est l'odeur, d'abord, l'odeur des corps, je marche, je suis immobile, je cherche quelqu'un, je cherche une fille, c'est une terre étrangère, ici, c'est la voix d'une femme – 80 francs, la boisson est comprise –, ce sont les yeux, ce sont les mains, les petites marches à monter, c'est un spectacle, c'est le Milieu des Filles, je suis dans la forêt, je suis dans les sables, avant je n'avais peur de rien, avant je prenais des trains dans la nuit, je suis dans ma demeure, c'est le Katmandou, ce n'est pas Bilitis, ce n'est pas Patricia Highsmith, je ne sais pas si je dois danser, je ne sais pas si je dois boire, je ne sais pas si je peux fumer, je ne veux plus rentrer chez moi, je veux savoir, combien je vaux, combien je peux espérer de ce corps-là, j'ai peur des femmes, je ne sais plus danser, il y a cette chanson de Stephan

Eicher, *Combien de temps*, et à moi, combien faudra-t-il de temps pour trouver, pour être choisie ? Je pourrais embrasser n'importe qui. Je veux juste une voix qui répétera mon prénom.

Combien de temps faudra-t-il pour trouver ? Pour devenir ce que je suis ? Combien de temps pour avoir mes habitudes au Katmandou ? Combien de temps pour trouver ma place, ma table, mon siège ? Combien de temps pour danser ? Je cherche, comme cherchent les hommes. Chez les filles il y a encore des slows. Chez les filles il y a encore la boule qui tourne au-dessus de la piste. Chez les filles, on entend : Je peux vous inviter ? Je n'ai plus de visage, je peux tout perdre ici. Ce que je suis. Ce que j'étais. Je deviens une professionnelle. Je suis la proie. Je suis l'appât. Bientôt, moi aussi j'attendrai à une table. Je regarderai. Ici, on vieillit si vite. Seule compte la première fois. Je sais qu'on me regarde. Ce n'est pas pour ce que je suis. C'est juste parce qu'on ne m'a jamais vue. C'est un petit milieu. C'est un petit salon. C'est le deuxième monde. Je ne connais pas ces visages. Vous habitez Paris ? Vous avez quel âge ? Vous êtes venue seule ? Je veux rentrer avec quelqu'un. Je ne suis rien. Je suis tout. Je ne sais pas faire. Je me sens malade. Je me sens en vie. Ce n'est plus ma jeunesse. Je veux bien changer de vie. Je veux bien changer d'adresse. Je veux bien changer de nom. Je suis là. Regardez-moi.

2 novembre

On dit le *Kat.* On dit les *filles*. Je pense au soleil sur la mer. Je pense à l'odeur de l'herbe après la pluie. Je pense au temps perdu. Je pense au bruit du vent dans les câbles métalliques des bateaux. Je ne mange plus, je ne dors plus. C'est une nouvelle vie. J'entre dans la nuit, dans ma nuit, dans la nuit des autres. Avant je croyais. Avant je rêvais. Je deviens un corps blanc. Je deviens un corps qui danse. Je cherche, moi aussi. Je suis regardée. J'aime être la plus jeune. J'aime être la jolie poupée. Je descends dans la nuit. Je descends dans ma nuit. Ici je deviens, le lieu n'est rien, le lieu est tout, dans la rue du Vieux-Colombier, c'est la nuit des chairs rouges et exposées, je me donne, je m'offre, je cherche une fille.

7 novembre

Je sors seule, je longe le jardin du Luxembourg, j'entends le vent dans les arbres noirs et serrés, je marche vite, je passe par la rue Bonaparte à cause du poste de police, je traverse la rue de Rennes, je sais tous mes gestes.

11 novembre

C'est facile de devenir l'idole des filles, celle que tout le monde veut ou celle que tout le monde déteste.

Le langage de la nuit : Depuis quand tu cherches ? Tu sais ?

Je suis dans la seule vérité. La vérité de mon corps. Je ne me reconnais pas dans toutes les filles du Milieu. Je me reconnais dans leur désir et parfois dans cette phrase : Tu rentres avec qui ?

12 novembre

J'entre dans une nouvelle famille ; je sais qu'elle se dévore de l'intérieur, je sais qu'elle pourrait me percer le cœur, mais j'aime cette idée, peut-être fausse, d'être protégée par ces visages et ces corps que je connais, que je reconnais. Ma nuit devient une nuit amoureuse.

14 novembre

Je regarde les corps qui dansent. Personne ne peut savoir. Personne ne peut comprendre. Il ne s'agit pas d'amour. Il s'agit du cerveau, des os, des chairs. C'est le visage, c'est la main, c'est la force et les fragilités.

16 novembre

Je ne sais rien des corps d'ici. Je n'ai que le mien à offrir. Il neige dehors. Je cherche ma place. Combien de temps, dit Stephan Eicher, je ne pense pas à la mort, j'ai du désir, je n'ai pas peur, j'ai du plaisir, mon corps est un autre corps, mes yeux ont changé, j'ai vieilli, je pense au soleil sur la mer, aux bandes irisées, je pense à la plage de Nice, à la baie, je pense aux avions qui ouvrent le ciel, je pense au chemin des douaniers qui longe Monaco, je pense à l'Italie, à Portofino, je pense à cette beauté-là, à ce silence, je danse et je n'entends pas, je regarde et je ne vois pas, je suis le désir et le déplacement des chairs, je sens l'odeur des pins du cap Ferrat, je suis dans un autre paradis. Avant je ne savais pas.

On ne m'a jamais tendu la main.

18 novembre

Je ne sais pas si l'homosexualité a pris sur moi, sur mes gestes, sur mes vêtements, sur ma voix, je ne sais pas si cela se voit, avant je me sentais en excès de nudité, je me sentais vulgaire, je n'avais que mon corps, que mon sang, je me sentais indécente à l'intérieur de moi. Avant je ne pleurais pas. Mon histoire se défait ici. Mon histoire se fait ici ; c'est la grande vie. Ma nuit est infinie. Ma nuit est douce. Ma nuit est violente. Je sais danser. J'ai un prénom. J'ai un visage. J'existe. Je traverse la forêt des femmes. Je marche sur la mer. Je fais des miracles. Je change. Je quitte mon corps-fantôme. J'entre dans le frottement des chairs.

20 novembre

Je suis sans jeunesse et je suis encore jeune. Je n'ai plus mes yeux. J'ai changé. Je cherche un trésor. Je cherche un monde qui parlerait de moi.

24 novembre

Je suis au centre de la nuit. Je suis au centre du feu. Je reste dans mon silence. J'entends le vent dans les arbres. J'entends l'hélice d'un bateau à moteur. J'entends les voiles et les câbles. J'entends les choses de la vie. Tout s'ouvre sous moi. Tout existe. Tout apparaît. Avant je n'aimais pas mon visage. Avant je n'aimais pas mon odeur. Avant je marchais seule. Je suis dans le temps du corps. De ses gestes lents. Je suis dans le temps du Milieu des Filles. Je suis dans le temps de mon homosexualité.

25 novembre

Je ne suis pas d'ici et je pourrais mourir ici. Je reviens de la nuit. Je n'ai rien à donner. Je ne sais pas jouer. Je ne sais pas mentir. Je pense au soleil qui disparaît sous la mer, je pense aux pluies d'été sur mon visage, je pense à ma place. Où mettre mon corps ? La nuit vient et elle est éternelle. Je n'ai plus de silence. Je n'ai plus de secret. Il ne s'agit plus d'homosexualité. Il s'agit d'effacement.

3 décembre

Je suis ma pire ennemie. Je dors dans mon silence. Je suis malade, parce que c'est la première fois, je suis folle, parce que c'est mon visage.

14 décembre

J'ai un visage amoureux. J'ai une mémoire amoureuse. J'ai un corps amoureux. J'ai une écriture amoureuse. J'ai un journal amoureux. J'ai des mains amoureuses. Avant, on disait que j'avais un cœur de pierre.

20 décembre

Je sors dans le Milieu des Filles. Je répète mon prénom, mon adresse, le code de ma porte. Je ne veux pas oublier qui je suis. J'entends le rire des filles. C'est toujours la neige qui tombe, lentement sur le Luxembourg, le jardin où j'ai appris à marcher. Elles dansent, c'est toujours les chansons de mon adolescence, les filles ne grandissent pas, l'homosexualité est une jeunesse.

27 décembre

Trouver sa place dans le cœur d'une fille c'est enfin trouver sa place dans le monde, dans sa vitesse et dans son silence. Je veux savoir. Je veux apprendre, je n'ai plus de temps. Il y a un rêve homosexuel et je ne l'ai pas encore trouvé. Je veux un temps amoureux et unique. Il y a une immense solitude après la musique, après mon corps traversé.

2 janvier 1988

Je perds mon visage dans le Milieu des Filles.

12 janvier

Je reste au bar, comme un homme. Je crois à un vrai destin amoureux.

22 janvier

Je n'ai pas honte, je pourrais me mettre à genoux, je pourrais donner mon corps, et je reste là, au centre des filles qui dansent.

23 janvier

Je cherche. Je cherche la femme de ma vie dans la nuit. Je cherche, dans la forêt. Je cherche, sous les vagues. Je cherche après les dunes. J'ai un destin amoureux. J'ai plusieurs vies. J'ai plusieurs corps sous mon corps. Je suis au début de tout. Je suis à la fin des jours heureux.

8 février

J'apprends à tout voir. J'apprends à tout entendre. J'apprends le Milieu c'est-à-dire la vraie vie. Je cherche des filles du Kat dans la ville. Je n'en vois aucune. Chaque nuit devient nos retrouvailles. Chaque nuit devient notre secret. Chaque nuit est une force contre le jour.

Il y a une violence amoureuse. Il y a un épuisement aussi.

11 février

Nous avons toutes le même désir et je n'ai pas peur de cela. Je suis faite des filles de la nuit. Je suis faite de cette intelligence-là. Je suis faite de leur violence et de leur douceur.

13 février

Je quitte la vraie vie et je n'ai pas peur de cela.

15 février

Je traverse le centre commercial Beaugrenelle. Je prends la passerelle du Monoprix. Je vais sur le parvis de l'hôtel Nikko. Je suis à Paris. Je suis en vie. Je suis heureuse. Les tours sont des ombres géantes dans la nuit. Le vent est chaud. La pluie est fine. Je suis un corps dans le monde. Je suis une fille qui aime les filles.

17 février

Je sens le corps du monde. Je ne sais rien de la nuit. Je vais danser. Le Kat est ma terre inconnue. Je ne vais pas mourir. Je veux encore savoir. Je ne vais pas tomber. Je ne vais pas pleurer. Je suis libre. Je suis dans le ventre de la terre. Rien ne peut arriver. Prenez-moi, j'ai tant d'amour dans mes mains. Embrassez-moi, mes lèvres sont si douces. Regardez-moi, j'ai les yeux immenses des adorées. Je regarde les femmes ensemble et j'ai envie de pleurer ; il y a une vraie tristesse. Il y a une vraie beauté.

20 février

J'ai le silence. Je n'ai que mon corps, que mon visage. C'est une vie en dehors de la vie. C'est une nuit-incendie.

25 février

J'ai envie d'entrer chez Moon, de danser avec une femme déguisée en homme. J'ai envie d'entrer dans une backroom de garçons.

27 février

Chaque fois il faut se remettre d'une voix et d'un parfum. Chaque fois mon corps est le corps d'une autre. Il y a un temps amoureux, il y a un temps de la défaite amoureuse aussi. Un jour, on m'a dit : Tu n'es pas assez masculine pour les filles.

10 avril

J'attends l'amour dans mes mains. J'attends l'amour dans mon corps entier. J'attends une fille que je ne connais pas. J'ai besoin d'un corps contre le mien. J'ai besoin d'une chair qui répondrait à la mienne.

13 avril

J'ai rencontré un garçon qui aime les garçons : Julien.

17 avril

Le corps de Julien vient sur moi, dans ma tête.

20 avril

Je suis dans le corps de Julien.

30 avril

Le corps de Julien est déjà une désespérance. Je l'attends au Kat. Ma nuit est profonde. Ma nuit est un mensonge. Julien ne viendra pas ce soir.

2 mai

Il y a un glissement du désir. J'aimerais tant être Julien. J'ai une main immobile. J'ai une main qui n'écrit pas.

7 mai

Julien a toujours aimé les garçons, j'ai toujours aimé les filles. C'est dans notre enfance. C'est dans notre jeunesse. C'est dans notre vie adulte qui vient. Ainsi il est mon frère. Ainsi je suis sa sœur, par la seule voix qui raconte.

8 mai

Nous venons de la même vie. Nous sommes faits de la même pierre.

10 mai

Les garçons sont sexuels, les filles, sentimentales. Je me tiens sur cette ligne. Je me fixe à cette limite.

13 mai

Au Scorpion, Julien aime les garçons voyous, en Perfecto et en jean déchiré. Au Kat, j'aime les filles toujours plus âgées que moi.

14 mai

Une phrase de Julien : Nous sommes Deneuve et Bowie dans *Les Prédateurs*.

18 mai

Un dimanche matin, au Jardin des Plantes, il me prend sur ses épaules. Souvenirs de l'enfance, par le corps qui porte.

20 mai

Julien n'est jamais tombé amoureux.

2 juin

Dans la salle de bains, il dit : Je veux faire méchant.

8 juin

Toute notre vie est l'histoire d'un arrachement. Julien doit s'arracher au désir des hommes. Je dois m'arracher au désir des femmes. Toute notre vie consiste à se battre contre nous-mêmes.

9 juin

Julien dit : La nuit, je suis dans les corps.

10 juin

Il y a une vengeance à sortir avec un garçon dans une boîte de filles. C'est une vengeance sur ma féminité. À cause de cette phrase aussi : Je n'ai rien trouvé ce soir.

14 juin

Julien refuse de retourner au Katmandou.

17 juin

Il y a une beauté chez les garçons qu'on ne retrouve pas chez les filles.

20 juin

Julien s'est rasé la tête. Au soleil, il ressemble à un prisonnier.

1er juillet

Julien dit que, s'il avait été une femme, il aurait voulu me ressembler, à cause de mes yeux, à cause de ma bouche, à cause de ce que je suis aussi.

2 juillet

Je pense aux filles. Je pense aux corps fragiles. Julien a rencontré un garçon qui a un trou au thorax. Il a posé sa tête. Cela faisait comme le ventre d'une mère. Marion, la première fille que j'ai aimée, avait un creux dans la main, que j'aimais remplir. Mon cœur est vide. Je pourrais avoir le corps de Julien. Je pourrais avoir cette folie-là.

3 juillet

L'odeur des arbres secs, l'odeur de la terre.

Je sors sans Julien. La nuit est profonde. La nuit devient ma nuit. J'ai envie d'entendre la mer. J'ai envie de sentir un corps contre le mien. J'ai envie d'entendre mon cœur. J'ai des mots dans ma tête mais je n'arrive pas à former mes phrases. Je ne suis pas à ma place. Je ne suis pas le bon corps au bon endroit ; je suis au centre de la vie et je n'ai pas encore trouvé le sens de ma vie.

4 juillet

Toutes les chansons sont légères. Tous les livres sont graves. L'été est profond. J'ai envie d'une fille qui ressemblerait à un garçon.

5 juillet

Avec Julien nous dansons sur la chanson de Polnareff, *On ira tous au paradis*. Elle a été écrite pour nous.

7 juillet

Ma vie est un journal intime. Chaque dimanche est un serrement du cœur. Chaque semaine est une conscience pleine du corps, de ses forces, de ses fragilités, de son renoncement.

Il n'y a aucun malheur homosexuel. Il n'y a qu'un malheur amoureux.

10 juillet

Au Luxembourg, un homme nous demande une cigarette. Il veut rester avec nous. On refuse. On ne sait pas si c'est pour mon corps ou pour le corps de Julien, ou pour le corps que nous formons, l'hybride.

11 juillet

Julien garde un appartement rue de Mézières, pour l'été. Quand je descends le rejoindre, j'ai les cheveux encore mouillés. C'est comme un rendez-vous amoureux. C'est le début de la nuit, avant les filles du Studio A.

12 juillet

Nous allons à la piscine Deligny. Tôt le matin, nos corps sont dans une forme de solitude, puis le corps des autres nous révèle, la piscine est surtout fréquentée par des garçons. Je perds en féminité parce que je perds Julien.

Avec Julien, j'apprends à revivre le jour. J'apprends à soutenir le regard des hommes.

13 juillet

Au bal gay sur les quais je le perds encore.

15 juillet

Avec lui, c'est un mariage blanc.

20 juillet

Je pense au Milieu des Filles comme à une invasion. C'est le château des Carpates. Ce sont des vampires.

Un jour j'aurai ma table au Katmandou. Un jour, je choisirai.

Il y a une transmission homosexuelle. Il y a une transmission des pouvoirs. On est toujours la première dans le cœur d'une fille. On est toujours la vieille d'une autre. Je suis sans jeunesse. J'ai le corps au vent.

24 juillet

Le Milieu des Filles m'apprend à ne plus m'attendrir. Mon corps est un couteau.

Je suis comme Julien. Je n'ai pas de temps pour les débutantes.

Nous jouons notre vie, là, dans le milieu de la nuit.

30 juillet

Il y a parfois une honte à être homosexuelle, à cause des autres, à cause de l'échec amoureux.

Les garçons qui aiment les garçons cherchent une fille pour se promener. Je cherche un visage qui me ressemble. Je cherche un cœur à prendre. Je veux me venger de moi.

2 août

Julien donne un cachet blanc. Il dit : Prends, ce sont des vitamines.

3 août

Julien sort au Boy, une nouvelle boîte à Opéra : Je suis tombé sur un garçon de dix-sept ans, lui au moins il savait ce qu'il voulait.

5 août

Il n'y a aucune jeunesse homosexuelle. J'ai perdu mon âge. J'ai perdu mes illusions. Je suis un corps de cent ans.

7 août

Julien danse. Il dit : Je pourrais jouir de moi.

8 août

Je suis sans famille. Je n'ai que des sœurs, que des frères, d'une nuit invisible. Mon corps a tant cherché. Mon corps a tant couru.

Tout noter devient une folie. C'est un second amour. Julien n'y croit pas.

12 août

Écrire c'est m'éloigner de Julien, c'est me défausser de lui. Je sauve ma vie. Je sauve mes nuits amoureuses. Julien danse tous les soirs au Boy. Il promet de m'emmener, un jour.

13 août

Quand j'écris, je n'ai plus besoin du Milieu des Filles. Je prends possession de mon corps, de mon désir. Je ne veux pas être lue. Je ne veux pas être caressée.

16 août

Avant, j'écrivais tous les jours à Marion. Elle disait : Tes lettres me donnent envie de pleurer, parce qu'elles viennent de toi et qu'elles te dépassent.

17 août

On ne se remet pas de son premier amour, comme on ne doit pas se remettre de son premier livre.

19 août

J'écris contre Julien, contre sa nuit, contre les corps qu'il serre. Je lui donne ma clé. Il vient toujours vers midi. Sa nuit me devient interdite.

22 août

Je n'ai qu'un désir d'écriture. Je n'ai aucun désir pour Julien. Mon écriture est une vengeance.

23 août

J'ai envie d'écrire comme je pourrais avoir envie d'un corps. Marion m'aimait à cause de mes lettres.

Les traces de l'enfance dans le corps tuent le désir des autres.

26 août

Au Kat, il y a souvent des vieilles avec des jeunes.

Je n'ai jamais désiré ma mère.

Je n'ai jamais voulu d'enfants.

28 août

Les livres ne sont pas des enfants. L'écriture est dans l'histoire de la sexualité. Elle vient de ce brasier-là.

Il n'y a que des livres d'amour.

Il n'y a que des corps désirables dans la nuit.

J'ai séduit Marion par l'écriture. J'ai séduit une femme qui ne me désirait pas.

29 août

L'écriture prend dans le Milieu des Filles. C'est la seule façon, pour moi, de devenir une personne.

On ne s'arrête jamais d'écrire. Je pourrais m'arrêter d'aimer les femmes.

Les hommes ne prennent pas dans mon écriture.

1er septembre

La nuit homosexuelle est une nuit sans mots.

Il faut se défaire de tous les mots sur l'homosexualité. Les femmes sont complexes. On ne peut rien couvrir. On ne peut rien expliquer.

Le Milieu des Filles n'est pas l'amour. Le Milieu des Filles apprend l'amour.

3 septembre

Julien va à Saint-Tropez. Il sort avec un couple de garçons. Il dit : J'ai besoin de la mer, du soleil. Je t'appellerai, tous les jours.

Souvent je sais qu'il ment.

La nuit est un mensonge. C'est la violence du Milieu. Il faut sans cesse s'inventer.

L'écriture, au début, pardonne.

8 septembre

Julien ne m'appelle pas tous les jours ; je suis dans l'idée de son corps.

Je suis folle d'écriture comme je suis folle d'amour. J'attends les deux. J'attends ce succès-là.

Je ne sais pas s'il faut vivre ou écrire. Je ne sais pas si l'amour est le sacrifice de l'écriture, ou si l'écriture efface, lentement, l'amour.

Je rêve d'un stylo magique qui ne révélerait que des secrets d'une extrême importance.
Je rêve d'une voix qui me dicterait le livre parfait.

Je rêve d'une écriture modèle dont je suivrais les lignes, les trames et les césures. Je rêve d'un corps contre le mien.

Dans mon cas, il faut écrire pour se faire aimer.

9 septembre

Je reçois une lettre de Julien avec une photo Polaroid. Il porte un short bleu et court. Sa peau semble être faite d'un seul pan. Le soleil a suivi toute sa beauté.

Dans le Milieu des Filles je suis un corps aveugle. Dans le Milieu des Filles, je suis une main qui n'écrit pas.

11 septembre

Toutes les filles veulent écrire. Toutes les filles veulent aimer.

Au Studio A, on me demande où est mon frère. Je n'avais jamais pensé à ce lien-là, à cette passation. Julien ne me ressemble pas.

La chanson préférée de Julien : *Just a gigolo.*

14 septembre

Attendre un livre devient attendre l'amour.

Au Studio A, j'ai repéré une très jolie fille. Elle dit qu'elle est étrangère. Elle dit qu'elle ne parle pas bien français. J'ai une main qui écrit. J'ai une bouche qui embrasse. Elle dit : Je suis sans mots, et moi je reste sans cœur.

Je m'ennuie, à l'intérieur de moi. J'ai besoin d'un corps. J'ai besoin de cette dévoration.

16 septembre

Toutes les filles veulent devenir célèbres, pour réparer l'homosexualité.

17 septembre

J'ai peur d'écrire et j'ai peur d'aimer.

Je crois au livre blanc, au livre qu'on sait mais qu'on ne peut pas écrire ; je crois à cette impuissance-là comme je crois à l'amour parfait. Je suis d'une seule personne.

Je suis de plusieurs livres, parce que j'ai déjà eu plusieurs vies.

18 septembre

Une image sensuelle de Julien : la trace de ses pieds nus sur le ponton d'un hors-bord.

Je peux avoir du désir en l'imaginant avec des hommes. C'est mon corps que je mets en scène. Julien n'est qu'un support.

Sa voix, de la cabine téléphonique, raconte la mer, la plage, la fin de l'été, la lumière rose du Sud, l'ambiance si spéciale de la Riviera. Julien ne veut plus rentrer.

19 septembre

Sans Julien, je reprends ma course amoureuse. Elles s'appellent F., K., S., ce sont trois amies, qui m'embrassent à tour de rôle, à quelques jours d'intervalle.

J'écris mon temps. Je suis contemporaine des déplacements de mon corps, de cette errance-là.

Je ne pourrais jamais choisir entre une femme et un livre.

20 septembre

Un jour, cette phrase : Marion a fait un enfant et toi tu fais un livre.

Je suis en devenir homosexuel, comme je suis dans le livre en train de se faire. Chaque fois c'est une mécanique amoureuse. Chaque fois c'est la déconstruction d'un système. Je ne suis plus comme avant. Je n'écris plus comme avant.

Il m'arrive de changer de prénom dans la nuit. Il m'arrive d'avoir honte de moi.

21 septembre

Julien ne dit rien de son corps. Un jour, rue des Archives, face à un garçon maigre : Je vais peut-être devenir comme lui, c'est moi dans dix ans.

Les filles de la nuit boivent comme des hommes : gin, whisky, vodka pure. Elles sont résistantes à tout.

Avant d'être des boîtes de nuit, le Kat, le Scorpion, le Studio A sont des lieux de rencontres.

22 septembre

J'ai brûlé toutes les lettres de Marion, je brûle ma jeunesse. Je ne garde rien de mon passé.

Dans l'enfance : se prendre pour un garçon, demander au Père Noël une tenue de cowboy, vouloir épouser sa mère.

Une phrase, terrible, entendue : C'est une vraie fille parce qu'elle a des jeux de fille.

23 septembre

Un jour, Marion m'a dit : Notre lien n'est pas très normal. Toute la journée, sur la plage, j'ai répété pour moi : Je t'aime. C'est une phrase sacrée, qui scelle le langage amoureux, qui l'ouvre aussi, vers d'autres romances.

J'aurais tout donné pour Marion, tout fait aussi.

Elle tient ma jeunesse dans ses mains, comme Julien est le témoin de mes errances.

24 septembre

Chaque fois, avant d'entrer dans une boîte de filles, j'ai peur ; parce que j'ai rendez-vous avec ma conscience. Je crois encore à l'immoralité de cette vie-là. Je viens de la vie civile. Il faut un temps, pour s'adapter, pour accepter aussi. Il faut un temps pour oublier son éducation. Il faut du temps pour assumer son plaisir. Marion disait : Tu as un esprit chrétien.

Dans chaque fille, je veux retrouver Marion. Chaque fois, c'est une immense déception.

J'acceptais tout d'elle, tout. L'amour est cette dévotion.

Je suis intraitable avec les filles qui aiment les filles. Sur elles, je me venge d'avoir perdu Marion.

26 septembre

Cette phrase de Marion : Tu passes avant tous mes mecs.

Cette phrase de Julien : Toi, je te respecte.

J'imagine un sauna pour femmes.

Je rêve d'un réseau de call-girls pour filles.

Je fais ce rêve depuis mon premier jour au Kat. Le téléphone sonne, je me lève, je décroche, une voix dit : Je sais qui vous êtes.

29 septembre

S. est une enfant adoptée ; quand elle me regarde elle dit : Je pense venir de la même famille que toi, à cause des yeux verts et de la bouche charnue.

Ce que je préfère avec S., ce sont les baisers, longs.

J'ai dormi avec K. à Beaubourg, dans son petit appartement, toute la nuit j'ai eu l'image des tuyaux métalliques, des escalators, de la moquette, grise, de la salle des archives, toute la nuit mon esprit a pris le dessus sur mon corps.

30 septembre

Je suis sans nouvelles de Julien, je me prépare à sa disparition.

J'apprends d'autres corps comme on apprend une autre langue que la langue maternelle. Je visite Paris. Je vais toujours chez les filles, pour fuir, si cela ne va pas.

Je m'attache : à la beauté de S., à l'intelligence de K., à la voix de F. que je viens chercher sous les tours de la Défense.

Dans le bus, F. dit qu'elle veut m'embrasser, sur les reins.

F. vit dans le Marais, passage des Singes, avec sa fiancée.

1er octobre

Je préfère les filles du Studio A aux filles du Kat.

Je retrouvais Marion, tous les étés. Dans la nuit je pense à elle.

Marion est comme une maladie. Je la cherche dans le corps et dans la voix des autres. Il y a un relais amoureux. Il y a une brume amoureuse aussi. Je sais et je fais semblant de ne pas savoir.

S. est infidèle. Devant moi, elle appelle son amie qui vit en Allemagne. Elle dit : C'est un professeur de lettres. Elle est plus âgée que toi. Je garde le silence. Elle tient toujours ma main quand elle lui dit qu'elle l'aime.

S. a un ami pour Julien, mais Julien est couvert d'hommes.

2 octobre

Avec Marion, nous venions de la même famille amoureuse ; on s'écrivait, on s'offrait des disques, on dormait sur la plage, on se prenait en photo ; nous n'avions pas honte d'être des *midinettes*.

Ma jeunesse ne me manque pas. Mais sa voix qui disait m'aimer.

3 octobre

Il y a une écriture qui glisse de la main, c'est l'écriture qui ne couvre pas son sujet.

Julien est rentré.

Il faut écrire un livre d'amour sans avoir eu l'intention de l'écrire, que l'amour surgisse, sans aucune préparation.

Julien veut m'emmener au Boy. Je m'éloigne de son corps. Je suis vraiment du côté des filles, comme je suis vraiment du côté du livre.

J'ai encore le numéro de téléphone de Marion. J'appelle, parfois, dans la nuit. Je ne reconnais jamais sa voix.

5 octobre

L'écriture est comme l'amour, elle passe par le corps, elle est dans cette force de vie-là.

Julien me fait entrer au Boy comme moi je le faisais entrer au Kat. La foule des hommes qui dansent torse nu est une image photographique. Ici, ce n'est plus la vie.

Le spectacle des travestis, le rire des garçons assis en tailleur qui applaudissent, comme les enfants.

Une phrase terrifiante du serveur à mon sujet : On ne bouscule pas les hommes ici.

Se frayer un passage dans la forêt d'hommes, c'est comme écrire un livre dans la nuit, à bout de forces.

Julien a une fiole de whisky dans la poche de son blouson en jean. Nous buvons, en secret.

Julien ne me laisse jamais seule au Boy, il dit : Tu es si petite ; et je me trouve si fille.

Ils ont tous le crâne rasé, des Doc Martens noires, les épaules nues.

6 octobre

Après le Boy, je pense à la mort.

Il y a une beauté des corps des garçons puis très vite un léger dégoût, à cause de leur immense circulation. Le Milieu des Filles est plus étroit, plus amoureux aussi.

Avec Julien, je m'attends toujours à une trahison.

Le sexe rend fou, dit Julien.

Après Marion, pourrai-je être encore folle d'une fille ? On nageait loin, ensemble, plage du Pont, dans l'eau glacée, sans avoir peur de se noyer.

L'angoisse que l'amour ne revienne pas est aussi forte que l'angoisse de l'écriture perdue.

Tous les livres qui meurent à côté de moi, tous les sujets manqués.

7 octobre

La nuit, souvent, m'empêche d'écrire.

Je dois me laisser faire, comme avec S. quand elle retire, vite, mes vêtements, avec une légère violence qui lui va bien.

S. dit : Je crois que je désire toutes les femmes.

Je déteste déjà la fille qui pourrait m'empêcher d'écrire.

La vie heureuse c'est aimer et écrire à la fois.

Marion reste dans mes lettres ; les siennes étaient trop courtes et ne parlaient jamais assez de nous.

Je pourrais à nouveau tomber amoureuse de Marion, je n'ai jamais cessé de l'aimer.

9 octobre

Quand je retrouve S. j'ai le cœur qui se serre ; S. croit en moi, en mon pouvoir d'écriture.

Marion disait que j'avais quelque chose de spécial, une forme de don que je n'exerçais pas encore.

11 octobre

Julien danse sur la petite estrade du Boy. Il veut devenir gogo dancer, à cause de son corps, parfait, à cause du regard des garçons qui le transperce.

S. dit : Si ça marche pour toi, l'écriture, ne m'abandonne pas.

13 octobre

S. rencontre Julien au Studio A. Dans les lumières bleues, leurs deux corps qui dansent sont deux révélations. Mon désir revient, transformé. C'est un désir de possession.

Un jour, au Kat, je dis à deux filles qui ne me désirent pas : Je me vengerai de vous.

Au jardin du Luxembourg, je fixe toujours un point, vers les grilles, comme un objectif, à atteindre, la mécanique de l'écriture est faite ainsi : elle tourne vers sa fin. Je marche lentement. J'écris vite. Je ne sais plus aimer.

En fréquentant le Milieu des Filles, je suis tombée, à nouveau, dans l'amour de Marion.

Le bruit des graviers sous nos pas, le vent dans les arbres de son jardin, la douceur de l'été, le temps lent, l'éternité de notre jeunesse : Marion est un mythe.

15 octobre

Avec Julien, au Boy, je suis toujours un corps rapporté.

Il y a une violence secrète chez les garçons : la violence des désirs tenus.

Je cherche une fille chez les garçons, je cherche un poisson-pilote.

17 octobre

Quand je perds Julien au Boy, je ne sais pas ce qui pourrait m'arriver. Ainsi, à chaque début de soirée je me lie avec un personnage important : le garçon qui vend les cigarettes, la femme du vestiaire, l'homme de la porte.

Perdre Julien dans la nuit, c'est comme s'évanouir.

Tous les corps des hommes du Boy se ressemblent.

Quand il revient, je suis l'enfant qui se pend à la nuque de son père.

19 octobre

Julien se rase le corps, il a la peau douce d'une femme et le ventre dur d'un nageur.

20 octobre

Julien cherche un homme au Boy, comme moi je cherchais, avant, une fille au Kat. C'est d'un grand désespoir. Nous cherchons un sosie, toujours. Nous cherchons le double de nous-mêmes.

Le portier du Boy : Je te laisse entrer à cause de lui.

Nous venons très tôt, avant minuit, avant la foule de garçons, pour que j'aie ma place, derrière la piste, sur la banquette rouge.

Les garçons dansent avec la mort.

Je n'ai que mes yeux, pour regarder, pour admirer, mon corps reste entre les mains des filles.

22 octobre

J'ai peur d'écrire et j'ai peur d'aimer. Chaque fois c'est l'abîme, chaque fois c'est l'origine de soi.

Avec S. après avoir dîné sur l'île Saint-Louis, nous croisons des clients du Deux Plus Deux, une boîte échangiste. Nous rions d'eux, comme les jeunes garçons riaient de moi à la sortie du Kat.

Avec S. c'est comme avec Julien, je ne suis sûre de rien.

S. disparaît puis revient, comme on revient d'un voyage, légèrement changée, en décalage. Je ne demande rien. Je sais les ordres du désir, je sais les désordres de l'amour.

24 octobre

Après le Boy, je garde un léger sifflement dans l'oreille, comme le souvenir de la musique, comme le frémissement des chairs mêlées puis séparées par la nuit.

Il y a une solitude des filles, il y a le peuple des garçons du Marais. Rue des Archives, ils s'embrassent, ils se tiennent, ils rient ensemble. Les filles n'ont que la nuit. Les filles sont dans le silence. Les filles ont encore peur des yeux des hommes.

Je veux une écriture formelle. Le livre serait un rapport de police.

Je suis le seul témoin de ma nuit, comme souvent je pense être le seul témoin de mon enfance.

25 octobre

Quand je m'endors, c'est toujours l'image de Marion qui vient sur les autres, qui emporte ma nuit. Je la serre dans mes bras. Je deviens mon propre amour.

Sur la plage, il y avait sa voix, puis la voix des autres ; dans ma tête, il y avait son corps, puis le corps des autres.

Marion a toujours été une femme. Je ne me souviens pas de sa jeunesse. Je ne me souviens que de notre jeunesse, de nos deux corps, côte à côte.

Je l'ai vue pleurer pour moi, je l'ai entendue rire d'un garçon.

Longtemps, je l'ai imaginée en train de me lire.

27 octobre

J'écris selon les yeux de Marion, j'écris d'après cette révélation ; l'écriture est charnelle. De plus en plus, elle devient une question de vie ou de mort ; Julien est mon sujet et je sais que j'écris sur moi, transformée par lui.

Je veux rentrer dans l'écriture, je ne veux plus sortir.

Chaque fois, je retrouve la main qui écrit, chaque fois elle est chaude et concentrée sur son travail, c'est-à-dire sur les mouvements de mon corps, sur son absence.

29 octobre

S. vit rue Thérèse à cause de la place Colette. Je marche dans les jardins du Palais-Royal, je marche sous les fenêtres de l'écrivain. Ce ne sont pas ses livres qui m'attachent, c'est son amour pour les femmes. Je ne suis pas seule.

Le Milieu des Filles défait l'idée de l'amour. Les filles ont le chagrin des hommes. Nous sommes tous les mêmes. Nous sommes tous des orphelins.

En fréquentant le Milieu des Filles, j'ai appris à aimer les hommes.

S. a une idée très romantique de l'écriture, à cause de ses cahiers à petits carreaux, de sa plume, de son encrier, de son pupitre de jeune fille.

2 novembre

Julien prend une bouteille au Boy, pour avoir une table, et une vraie place pour mon corps. Il prend ma main, je n'ai pas peur des garçons.

Nous faisons des allers-retours entre le Scorpion et le Boy. Bien souvent, Julien trouve un garçon chez les filles.

Le mot du portier : C'est quoi votre trafic ?

Il y a toujours une fille qui accompagne un garçon, il y a toujours une poupée Bella dont on est fier.

Julien : J'ai dit à ma mère que nous étions ensemble.

Après le Boy, je me sens malade.

4 novembre

C'est l'anniversaire de S. Elle écoute Barbara en pensant à une autre fille que moi.

On ne dit jamais rien sur la violence du désir mutant. Nous sommes des femmes. Nous devenons des hommes. Il faut de la force pour tenir ces deux rôles.

Il est si facile de briser un lien, il est si facile de perdre son écriture.

S. s'ennuie avec moi, je deviens une *régulière*.

J'ai envie de l'été, j'ai envie d'un corps à moi, j'ai envie d'une soumission, j'ai envie d'avoir le pouvoir, j'ai envie du vent dans les arbres en fleurs, j'ai envie de Marion.

5 novembre

Écrire et aimer sont du domaine de la sorcellerie. Je m'attache à mon premier amour comme je pourrais m'attacher à mon premier livre.

J'aimerais être vierge du Milieu des Filles. J'aimerais être vierge de Julien. On ne revient jamais de la nuit. On ne revient jamais des mains qui ouvrent. Je suis façonnée.

Je rêve d'un livre parfait, je rêve d'un amour parfait ; l'un ne va pas sans l'autre.

Toute la vie à écrire, toute la vie à se souvenir de l'amour.

Marion est revenue, dès le Milieu des Filles. Souvent je crois l'avoir trahie. Je ne pensais pas à cette vie-là, avant. Je ne pensais pas à cette chute. J'ai le vertige à l'intérieur de moi-même. L'écriture est un pardon.

7 novembre

S. danse avec une fille au Studio A. Je fais semblant de ne pas les voir. Je fais semblant de ne pas retenir leurs baisers.

On se souvient toujours des chansons qui ont fait pleurer – *L'Aigle noir* ; on se souvient toujours du cœur qui saigne.

Dans la nuit, il y a une laideur des filles, à cause de cette petite phrase : Tu rentres avec qui ?

Je n'ai pas choisi d'aimer les filles, je n'ai pas choisi d'écrire.

9 novembre

Au Boy, un garçon qui avait bu dans notre bouteille s'est évanoui. Ce mot de Julien : C'est bien fait pour lui, il a été puni.

Les garçons n'ont pas de cœur, les filles font semblant d'en avoir un.

Il y a une sauvagerie dans la nuit. Les abus de pouvoir y sont courants.

11 novembre

Je ne cherche pas à revoir S., je ne cherche pas à me retrouver, je vais dans la nuit des aveugles.

Au Boy, un garçon veut m'embrasser. Il est assez beau, il dit qu'il vient là juste pour la musique, ce qui signifie qu'il n'est pas gay. Il reste au bar, à me regarder. C'est le seul garçon pour moi. Julien est furieux.

On dit que le Boy appartient au chanteur de Culture Club, Boy George.

C'est la mode des smileys, des petits visages jaunes qui sont aussi l'emblème de l'ecstasy.

Je ne me drogue pas. Je suis déjà assez loin de ma tête, de mon passé.

Le garçon m'invite à danser, je sens ses cuisses contre mes cuisses. Je ne me souviens plus des hommes qui aiment les femmes. Je ne me souviens plus de mon adolescence.

L'écriture et les filles viennent du même brasier.

14 novembre

C'est un journal de la nuit, dit Julien.

Son corps contre le mien est une forme de solitude. Je ne peux rien lui donner. Je ne peux rien recevoir de lui. Nous dansons comme des enfants. Je ne veux plus l'embrasser. Nos baisers étaient des vengeances.

Julien est le témoin de mon écriture. C'est parfois sa seule importance.

Je paie nos taxis, et je ne suis pas sa mère.

Après la nuit, il y a un temps blanc, le temps du regret, le temps de la lumière dans nos yeux éblouis.

Toute ma vie, je veux rester étonnée.

16 novembre

Dans la rue, Julien me prend encore par le bras. Je ne sais pas lequel des deux protège l'autre. Je ne sais pas qui fait l'enfant.

18 novembre

S. téléphone. Elle est malheureuse à cause d'une fille.

Je ne suis pas amoureuse. Je suis amoureuse de l'écriture.

Au début, j'étais nouvelle dans le Milieu des Filles et je me sentais déjà vieille, épuisée par moi. Je n'ai jamais cessé de m'aimer. Je n'ai jamais cessé de me détester.

Marion n'a jamais su que j'étais vraiment homosexuelle ; Marion n'a jamais rien su de vrai sur moi. Mes lettres avaient la folie de l'écriture. Mes lettres ne transportaient pas mon corps dans ses mains. Il n'y a pas de nostalgie de la jeunesse. Il n'y a qu'une nostalgie de l'expérience. Je suis déjà en dehors du Milieu des Filles. Je suis déjà fanée.

Les garçons doivent rester de jeunes garçons. Les filles sont plus indulgentes. Chez elles, le désir vient avant le corps, avant le visage.

20 novembre

Il y a une tribu homosexuelle, avec ses codes, avec ses usages. Il y a un vrai mépris pour les autres. C'est une protection. Je suis parfois de cette tribu-là, c'est-à-dire dans ce mépris-là.

Où est le corps de Marion ? Où sont mes yeux qui la regardaient ? Dans la nuit, je n'ai que mes mains pour choisir, pour reconnaître, pour refuser. On vient toujours d'une seule personne.

J'ai la tentation de devenir un monstre pour ne plus souffrir, je n'ai jamais la tentation de ne plus écrire.

Mes nuits sont mes livres à venir.

22 novembre

Je retrouve le garçon du Boy et je suis troublée parce qu'il embrasse Julien, longtemps. Le jeu homosexuel est un jeu d'enfant.

Julien dit : Tu peux y aller maintenant, il est bien chaud.
Je quitte le Boy.

Les taxis de l'Opéra transportent des corps perdus.

Avant je buvais seule et c'était mieux ainsi. Je n'espérais aucun corps. Je n'espérais aucun plaisir.

Le secret est dans les mains des filles : c'est ma ligne de vie.

Je compte mes nuits comme je compterais des billets de banque. Je suis volée. Je suis pauvre de moi.

23 novembre

Julien dit que mon désir de garçon doit passer par lui. Il y a une jalousie homosexuelle qui ne va jamais jusqu'au bout.

Le Kat va fermer. C'est la fin de ma première peur.

J'ai le souvenir d'une femme en costume blanc qui ressemblait à Greta Garbo dans *La Reine Christine*. Il y a une beauté démodée chez les filles. C'est toujours le film *Victor, Victoria* qui revient, c'est toujours Julie Andrews habillée en garçon qui me renverse.

Adolescente, je passais devant le New Monocle, à Edgar-Quinet. J'avais des rêves de débutante.

Au début, dans le Milieu des Filles, on pense toujours que tout le monde vous attend.

Il y a une ronde du désir homosexuel.

Dans l'alcool, je pense à S. qui a un corps parfait. Je reviens à elle parce qu'elle a disparu de ma vie. Je ne sais pas si elle pense à moi. Je ne sais pas si Marion avait du désir pour moi quand elle embrassait mes yeux, quand elle caressait mon ventre, quand elle écrivait : *C'est difficile de vivre sans toi et je ne sais pas pourquoi.*

27 novembre

Julien au téléphone : J'ai rencontré quelqu'un.

Au tabac, au restaurant, dans le métro : S'ils savaient qui je suis vraiment.

Julien est amoureux. Je vais le perdre peut-être et je ne sais pas si j'ai peur. Son corps est si lumineux, ses mains, si douces, sa voix m'enveloppe mais je ne serai jamais de lui. Je suis ma seule fille, l'enfant unique.

28 novembre

Entrer dans la nuit, c'est retrouver son corps.

Il faut attendre chez les filles, comme j'attendais Marion qui disait : Je prends le soleil.

À la piscine Deligny Julien disait : Je suis un roi, et je le détestais pour cela.

29 novembre

Julien : Je suis vraiment amoureux, tu sais, nous sommes à l'hôtel Méridien de la Porte Maillot.

1er décembre

Julien : Ça, c'est un Polaroid de lui, après avoir fait l'amour.

Maîtriser son écriture c'est se maîtriser soi.

Avant, j'avais peur, désormais je ne sais plus ce qu'est la peur et je le regrette.

Le fiancé de Julien s'appelle Antoine.

Avant, je croyais au seul amour.

2 décembre

Dans la nuit je cherche Julien, dans la nuit je mens.

Je veux reconnaître mon visage, je veux reconnaître ma voix, je veux reconnaître ma main qui écrit.

Je commence à avoir une réputation. Il n'y a rien d'anonyme dans le Milieu des Filles.

Julien est un corps silencieux. S. est un corps silencieux. Marion est un corps silencieux.

Je suis dans la profondeur de la nuit. Je suis dans la profondeur de mon corps. Je suis le garçon de Julien.

C'est une ode amoureuse.

Seule une femme peut remplacer le corps d'un homme.

Je veux aimer et souvent je déteste qu'on m'aime.

4 décembre

Je déteste autant la fille que le garçon qui me voleraient mon écriture.

Il y a une nouvelle boîte pour filles place Clichy, le Soft, un ancien cabaret de strip-tease.

La nuit, tout se sait, chaque adresse est une nouvelle aventure. Je reconnais les corps du Kat, du Scorp, du Studio A. Il y a une forme de célébrité dans le Milieu des Filles.

Je déteste le quartier, sous Montmartre. J'irais au bout du monde pour une nouvelle boîte. C'est une promesse amoureuse. C'est ma vengeance, contre Julien.

5 décembre

La nuit des filles est plus triste que celle des garçons, parce qu'il n'y a aucun espoir. Je cherche encore. Je ne pense plus à Marion.

Il faut avancer le corps, seul. Il faut écrire le livre, nouveau.

Un mot terrible : Votre partenaire.

La phrase terrible de Julien : Je veux te le présenter.

7 décembre

C'est chaque fois une séparation, c'est chaque fois Marion. Elle aimait le soleil de son jardin, elle aimait les vagues blanches, elle aimait ma voix au téléphone, elle aimait s'endormir dans mes bras. Je ne suis plus de cette terre-là. Je ne suis plus de cette mémoire.

J'attends Julien et Antoine. Je n'attends plus rien de moi. Je me laisse faire. Je me laisse remplacer.

Je suis dans l'abandon de moi-même.

Je perds Julien, je perds Marion.

9 décembre

Au Soft, les filles invitent à danser des slows. Je n'aime pas leur parfum.

Qui se souviendra du Kat ? Qui se souviendra de ma première nuit ?

11 décembre

Avant, je perdais Julien au Boy à cause de ses *coups*. Avant, j'attendais.

Au Soft, ils ont gardé l'estrade des danseuses nues, avec la ligne de lumière sous les corps qui dansent.

Les coupes de cheveux des filles : longs dans le cou, la frange sur le dessus.

Il y a de vraies beautés aussi. Des filles de Pigalle ?

Je rêve d'un livre qui contiendrait toute une vie.

12 décembre

Marion me manque, toutes les femmes me manquent. Je veux des mains sur mon visage. Je veux des mains à ma taille. Je veux une écriture amoureuse.

Julien et Antoine sont ensemble.

Le corps des garçons est souple. Le corps des garçons est d'une grande douceur. Le corps des garçons est d'une grande violence. Le corps des garçons est dans le monde. Le corps des garçons est dans la vie. Embrasser, lécher, attendre. Le corps des garçons quitte l'enfance. Le corps des garçons prend ma jeunesse. Le corps des garçons est le corps de toutes mes nuits.

Je suis jalouse d'Antoine.

Après mon corps, il y a toujours deux corps ensemble.

14 décembre

Au Soft, j'ai adoré une fille, avant d'entendre sa voix : le timbre d'une voix d'enfant.

Seule l'intelligence relaie le désir, le déploie une seconde fois.

Je rêve de Marion sur l'estrade du Soft.

Je me souviens du visage d'Antoine sur le Polaroid, il a un air de Julien avec les cheveux blonds.

16 décembre

Je les attends au Boy. Tout mon cœur se serre, tout mon cœur est à S. qui ne venait jamais ici.

Il n'y a aucune tristesse à attendre deux garçons. Il y a une grande tristesse à attendre une fille qui ne viendra pas.

Marion aimait danser avec moi. Marion disait : Tu es le cœur de mon cœur.

Julien est seul, Antoine nous rejoindra. Je ne veux pas de champagne. Je ne veux pas danser. Tous les garçons ont la beauté des yeux de Julien qui me regardent. Je pense au Bois, je pense à la place Dauphine, je pense au sauna, je pense au réseau, je pense aux récits sans amour.

Un garçon invite Julien à danser. Il a envie de le gifler.

Sur sa peau, je cherche tous les signes de l'amour. Je cherche les signes de sa nouvelle maladie : Antoine.

Il est là, dit Julien.

Marion aimait La Chaumière à cause de la falaise, le Rusty Club à cause du jardin, le

Pénélope à cause du nom. Nous allions si vite sur le barrage de la Rance.

Les pylônes électriques, la voie ferrée, la digue du Pont, tous les endroits de la jeunesse pour se retrouver.

Antoine a le visage fin d'une femme. Il baise ma main. Ce geste est d'une grande violence puis d'une grande douceur.

Sa voix : Je te prends Julien un instant ?

17 décembre

Je me remets de Julien. Je me démets de Julien.

Il n'y a pas d'écriture à partir de la haine.

Je suis rentrée par le premier métro. Deux garçons me protégeaient. Deux croupiers du casino de Deauville. Les rencontres étranges de la nuit.

L'écriture prend après le jour.

Jamais je n'écrirai parce que je suis vraiment seule. Jamais l'écriture ne viendra du malheur.

À Deligny, je nageais sur les épaules de Julien. Il disait : Avec moi, rien ne peut t'arriver.

Au Jeu de Paume nous prenions des photos de nos visages blancs de lumière.

Ses mains, ses cuisses, sa voix, son rire, Julien n'était pas un homme, c'était un garçon.

Ses hanches, son ventre, ses yeux, son parfum, Marion n'était pas une fille, c'était une femme.

18 décembre

Je sors au Soft pour oublier Julien, pour m'effacer de ses mains, de ses yeux de loup.

Tous les garçons ne sont pas Julien. Toutes les filles sont dans le souvenir de Marion.

Je crois à la première strate amoureuse, je crois au premier désir d'écriture.

Julien a le souvenir d'une seule fille-femme : mon corps sur le plongeoir de Deligny.

La neige entre dans le silence. Je me sens amoureuse et je n'ai personne.

Je n'ai plus peur de chercher. Je n'ai plus peur du Milieu des Filles. Je suis élevée, désormais.

Il y a un temps pour l'écriture. Il y a un temps pour l'amour.

Je suis sûre que certaines personnes donnent l'écriture alors que d'autres la retirent.

19 décembre

J'ai rencontré une fille au Soft, Mikie, qui pourrait devenir une amie, une alliée. Elle pourrait remplacer Julien.

Comme moi, elle fuit dans la nuit. Nous sommes des corps perdants.

Nous nous sommes endormies sur la banquette du Soft, épuisées.

Elle m'a offert un petit déjeuner au Wepler. Elle m'a acheté des cigarettes. Elle m'a donné son numéro de téléphone. Elle a dit : Tu as un air heureux.

Julien n'appelle plus. Je sais son corps qui danse.

Mikie habite en dehors de Paris, Créteil. Elle a un corps adolescent. Elle est plus âgée que moi. Elle a les yeux qui rient.

J'attends ma chance.

20 décembre

Tous les corps remplaceront le cœur de Julien.

Les garçons ont des vies parallèles.

La nuit, c'est le casino de Deauville. Je parie sur mon visage.

Il y a une dépendance à la beauté des garçons, il y a un aveuglement aux filles.

Mikie me téléphone pour me faire écouter une chanson : *Strangers in the Night.*

Quand je pense à elle, je pense à Créteil, comme une ville étrangère, comme un premier voyage.

Le train de banlieue sur la voie ferrée : Viens me retrouver, Marion.

21 décembre

Les filles ont un cœur, les garçons emprisonnent le cœur.

Il y aura toujours un corps-fantôme au Boy.

Je retrouve Mikie à la station RER Châtelet. Nous marchons dans les jardins des Halles. Nous attendons la nuit au café Eustache.

Le Kat, le Scorp, le Studio A, le Boy, le Soft, nous avons cherché, sans cesse, nos rêves de jeunesse. Il y a un chemin infini vers l'amour.

J'ai trouvé un miroir.

Je veux rencontrer une vraie femme, c'est-à-dire une femme qui serait l'inverse de moi.

Je ne peux lutter contre le corps d'Antoine. Je ne peux convertir ce que je suis vraiment.

Je sais la beauté de la force d'un garçon. C'est ce que j'aimerais avoir pour séduire une femme. On ne possède aucun sujet. Seule l'écriture enferme vraiment.

Mikie dit : J'ai tout fait, j'ai tout essayé.

Quand j'embrassais un garçon, Marion me trouvait vulgaire. Dans d'autres mains, je trouvais ses mains. On est toujours l'ombre d'un autre. On est toujours une projection, je crois. Il faudrait remonter très loin, pour être la première personne : ces bras-là, qui tenaient la tête, qui donnaient le sein.

23 décembre

Mikie téléphone de son balcon, parce qu'elle vit encore chez ses parents, dans l'immense cité de Créteil.

Derrière sa voix, j'entends des cris d'enfants.

Au Soft, je ne danse jamais avec Mikie, nos corps ne s'épousent pas.

Ensemble, nous rêvons du grand amour. Ensemble nous choisissons les mêmes filles.

Je suis déjà dans la défaite amoureuse, je suis toujours dans le succès de l'écriture qui vient, après la nuit. C'est un baume sur ma peau.

26 décembre

Quand je pense à Julien je me sens volée.

Je n'ai jamais fermé les yeux au Boy, quand des garçons s'embrassaient. Il y avait une vraie douceur, dans les mains sur la taille, aux épaules, sur les lèvres.

Je me souviens d'un jeune garçon dans les bras d'un homme, je me souviens de leur façon de se protéger l'un l'autre, des corps blancs du Boy, de la foule qui les serrait.

Julien se cachait de moi, Julien avait peur de mes yeux.

Julien racontait après, comme si les mots avaient moins de force que les corps réels et enlacés.

Il y a une imagination sur le Milieu des Garçons.

Je n'imagine plus rien du Milieu des Filles, je sais.

La main qui écrit n'est jamais innocente.

29 décembre

Il y a un jeu qui consisterait à défaire ce que je suis vraiment ; je viens du Milieu des Filles et je ne l'assume pas.

Les mots devraient porter l'homosexualité et non la réparer. Ce serait un vrai roman d'amour alors.

Je ne suis pas dans l'amour, je suis dans la découverte.

Il faut un grand courage pour entrer dans le corps de la nuit, pour y être admise.

Se battre avec ses mains.

2 janvier 1989

Une nouvelle boîte vient d'ouvrir, Les Dessous Chic. C'est une cave, sous un restaurant. À l'entrée, on me demande mes papiers. Je n'ai jamais fait mon âge.

Les boîtes de filles : l'Eldorado.

Le garçon qui passe la musique s'appelle Saul.

Je reste près de lui. Tous les garçons deviennent Julien. Tous les garçons protègent ma nuit.

Saul est italien. Il a une voix douce qui traverse la musique.

Les mains de Saul sur les disques, les mains de Marion sur mes lettres.

Saul a le corps d'un danseur.

J'ai encore peur des filles, j'ai encore peur de moi dans les bras d'une fille.

3 janvier

Après la nuit, le vent devient chaud. Je suis à l'intérieur du monde, happée.

Saul va au Boy, pour une *after.* Qu'y a-t-il après le corps des hommes ?

Je ne veux pas rencontrer Julien.

5 janvier

Mikie m'invite à Créteil, chez ses parents, nous prenons le RER, un train, puis le bus.

La cité est construite en rond. Sous l'immeuble de Mikie : le Coiffeur, le Boucher, l'Épicier.

Le faux silence de la ville de banlieue.

Je suis écrasée par les tours, j'ai le vertige du ciel quand je renverse la tête.

Nous sommes loin du Milieu des Filles.

Les façades grises des tours, toutes les vies se tiennent là, bien au-dessus de la terre, bien loin de Paris.

Les portes de l'ascenseur sont d'un rouge écaillé.

La chambre de Mikie est encore une chambre d'enfant.

J'entends le vent qui monte : avant, j'aimais dormir contre Marion, parce que je dormais contre moi.

Les liens du Milieu des Filles.

Dans ma tête je suis toujours un corps blanc. Je suis toujours un corps qui danse.

Je peux perdre mon écriture, je peux quitter la vie des livres, je peux quitter la vie intérieure, je peux être délivrée de cela, de mon ouvrage, de la somme amoureuse.

De Créteil au Milieu des Filles, il y a une éternité.

7 janvier

Il y a toujours la tentation de ne plus écrire, de retrouver sa liberté.

Mikie veut partir à Biarritz, à cause des rouleaux blancs, de la plage des Basques, du rocher de la Vierge.

Julien téléphone, il vit avec Antoine, cité des Fleurs, au rez-de-chaussée d'un petit pavillon. Il est heureux, à cause du jardin.

Tous les corps de mon corps m'ont quittée.

Toute l'écriture se replie.

La main du désert.

11 janvier

Mikie aimait une fille qui vivait à Bayonne, derrière les arènes ; il y a une mémoire amoureuse qui est sans tristesse.

Seul le corps se souvient vraiment. Seul le corps s'épuise à écrire. Le livre est un travail de prisonnier.

Au Caveau, un travesti donne un spectacle : Mylène Farmer.

De Biarritz, je garde juste cette chanson : *Débarrassez-moi de ce chien avant qu'il morde.*

12 janvier

Mikie veut me présenter Quelqu'un.

Je sors seule aux Dessous Chic comme je sortais seule au Kat.

Après la nuit, je deviens, de plus en plus, sans écriture.

Il y a toujours un livre mort, le livre qu'on n'ose pas écrire.

14 janvier

J'ai rendez-vous au métro Anvers. Mikie m'invite à un dîner de filles.

Je rencontre Françoise. Elle a dix ans de plus que moi. Elle a les cheveux courts. Elle ne sait pas si elle aime encore les femmes. Elle est avec un garçon qui vit en Suisse, Janik. J'ai envie de l'embrasser parce qu'elle ne sait pas. J'ai envie de la gifler. C'est si simple de détester les filles. C'est si simple d'avoir cet orgueil-là.

Il n'y a aucune honte du désir.

L'échec d'un livre est un échec amoureux.

Loin, le carrefour de Clichy, le cimetière de Montmartre, encore plus loin, ma main qui écrivait. Je suis sans livre. Je suis sans avenir. J'ai envie de pleurer parce que je ne sais plus écrire.

15 janvier

Je garde le visage de Françoise parce qu'elle est d'une beauté étrange.

Julien est mon corps enfui. S. est mon corps secret. Marion est mon corps unique.

Il y a des fêtes sous l'ancien Palace, des fêtes avec des filles parfois, dans un endroit qui s'appelle le Kit Kat.

Chaque information est un message amoureux. Chaque nuit est une aventure.

Françoise sort au Boy et au Rex. Je veux la suivre comme je suivais Julien. Je veux la suivre parce qu'elle est plus âgée que moi.

L'écriture revient, comme l'amour, dans mes mains.

Tout est affaire de foi et de croyance.

Je n'appelle jamais Julien, cité des Fleurs. Je ne sais rien de ses vies, de son retrait.

Je rêve d'un livre modèle dont je suivrais les lignes. Je rêve parfois de ne plus écrire.

17 janvier

Il y a déjà un souvenir du Kat, comme il y aurait déjà un souvenir de ces nuits-là.

J'ai déjà embrassé des inconnues. J'ai déjà écrit dans le noir.

Julien n'aimait pas les filles qui aiment les filles. Julien disait que le corps d'un homme est une permanence dans une vie. Qu'on ne peut se délier de cela.

Julien avait si peur des femmes.

18 janvier

Au Rex, je retrouve S., qui ne me reconnaît pas tout de suite. Il y a un temps mort dans la nuit, le temps du désir sur un corps sans nom. Puis ce mot de S. : C'est toi ?

Encore les garçons en bottes, torse nu, au crâne rasé. Encore les corps pris par la musique.

Les livres devraient s'entendre, comme des chansons.

Avec l'amour, avec l'écriture, j'ai deux vies.

Dans la nuit, je suivais les grilles du Luxembourg, comme un chien pris dans sa course.

Je n'ai pas peur de ressembler aux hommes, de faire du mal aux femmes. Je refuse d'embrasser S. Je refuse ses mains. Je refuse ses beautés. Je cherche Françoise. Je cherche un nouveau corps.

Après la nuit, il y a d'autres nuits. C'est mon cercle rouge.

20 janvier

Je n'ai pas peur de venir toutes les nuits au Rex. Je n'ai pas peur d'attendre Françoise. Avant j'allais au Kat, je ne savais rien.

La nuit vient dans mon histoire.

Je suis un corps-sujet.

Je retrouve le garçon du Boy que Julien avait embrassé. Il est avec une fille blonde qui me sourit.

Il y a une rumeur homosexuelle.

22 janvier

Je ne désirais pas Julien, je l'admirais.

Dans la nuit, le vent porte mon corps. J'aimerais que ma main porte l'écriture ainsi, de façon légère et continue.

Je désire Françoise parce qu'elle ne me désire pas.

Écrire est aussi une façon de se rassembler, de se retrouver à l'intérieur de soi.

La ligne du cœur. La ligne d'écriture.

Julien avait des épaules fortes qui me portaient. Julien avait une voix douce qui me consolait. Julien m'embrassait parfois, nos baisers étaient d'un grand mépris pour les autres.

Je ne dis rien à Mikie au sujet de Françoise. Je ne dis rien à Mikie au sujet de ma vie.

Entendu un jour, au Scorp : Je vais casser ta petite gueule d'ange.

Sortir seule.

On dit que je suis homosexuelle parce que j'ai peur des hommes. Je n'ai pas peur. Nous avons le même désir. Tous les hommes sont des pères. Toutes les femmes sont des inconnues.

23 janvier

Dans ma tête les tours de Créteil comme des puits de solitude.

La nuit des filles est infinie. La nuit de Julien est une nuit fermée.

Je pourrais écrire à Julien. Je pourrais l'insulter.

Marion a la beauté de ma jeunesse. Elle est intouchable. Je viens de ce corps-là. Je viens aussi de ce silence. Sur les falaises de la Varde, le vent avait la force d'un homme.

Il doit rester, au fond de nous, le premier livre entendu, comme il restera, toujours, la première histoire.

La danse lente des *ravers*.

Je n'ai pas peur de boire seule, je n'ai pas peur de perdre pied.

Les traces de l'enfance chez Mikie m'ont angoissée. Je suis loin de ce soleil-là. Je suis loin de cette lumière. L'enfance est un corps qui n'existe pas.

La nuit me protège, souvent.

24 janvier

Où es-tu, Julien ?

La main qui écrit est aussi une main amoureuse. C'est elle qui choisit les meilleurs fruits.

Je trouve des lumières dans la nuit, je trouve une forme humaine dans le ciel étoilé.

Je suis regardée.

Je ne suis pas attendue.

25 janvier

Julien me téléphone. Julien me donne son adresse. Julien m'invite chez lui : Viens dans l'après-midi, je serai seul.

La voix de Julien, comme une main dans mes cheveux.

Il travaille rue du Faubourg-Saint-Honoré, dans un magasin de vêtements.

Il s'est acheté un smoking en velours Dior.

Cité des Fleurs, dans sa travée, ses voisins sont homosexuels.

Il a un couloir de terre, il plante des roses et des graines de capucines.

Je n'entre pas dans la chambre.

Julien ne me reconnaît pas. Nos corps sont sans mémoire. Je n'ai pas pu embrasser ce garçon. Je n'ai pas pu vivre contre lui.

Je regarde les vêtements d'Antoine, posés sur un portant, je regarde leur vie, je ne me regarde plus.

Y a-t-il une écriture d'été ? Une écriture d'hiver ?

Je veux une femme habillée en homme. Je veux m'endormir sur un ventre. Je veux le parfum, je veux la douceur, je veux la main à la taille. Je veux des bras qui emportent.

27 janvier

Dans la nuit, j'oublie Julien.

Avant, je pensais que ses yeux brûleraient mon écriture.

Je démonte un système : je déteste ce que j'écris, je déteste ce que je suis.

Je veux la chance.

Dans le désir d'une fille, je pensais parfois à Julien, allongé sur les planches rouges de Deligny.

Il y a une beauté amoureuse.

J'ai perdu la foi. Je retrouve l'écriture. J'ai perdu le désir. Je retrouve le journal intime.

Il faut écrire ce qui aurait dû arriver.

28 janvier

Je ne vais plus au Soft, je ne vais plus aux Dessous Chic, j'attends au Rex le visage de Françoise.

De plus en plus, les filles entrent dans la nuit des garçons.

Il y a un ennui amoureux.

Écrire, c'est rendre public le Milieu des Filles.

31 janvier

Au Rex, Françoise est avec un couple de garçons, Éric et Lionel.

Ils ont des blousons bleus et des tee-shirts blancs.

Déjà, je sais que le corps de ces deux garçons seront des corps ennemis. Lionel est assez beau. Il a un corps violent : sec et grand.

Toujours ce mot : C'est toi ?

Françoise me reconnaît.

Dans leurs mains, les bouteilles de Heineken. Sur les visages, les taches de lumière blanches et noires.

Françoise danse contre moi.

Je peux embrasser n'importe qui.

Il y a une écriture qui consiste à se faire aimer.

Avoir peur d'écrire c'est aussi avoir peur de ne plus être aimée.

Le Kat est dans la nuit des temps. Il y avait un côté désuet, une forme de charme aussi. On disait que des princesses y venaient, *incognito.*

La nuit appauvrit.

2 février

La voix de Julien au téléphone : Je suis si heureux.

Je deviens un visage du Milieu des Filles.

De plus en plus, dans la nuit, je reconnais des corps.

Au Rex, Lionel danse avec moi, puis serre ma tête entre ses mains pour me blesser.

Je me retire de ce corps-là, je danse près de Françoise. Les femmes ont toujours protégé.

3 février

Françoise vit boulevard de Charonne, station Nation.

On peut inventer une beauté, comme on peut inventer une fiction.

Son visage et son corps sont tout.

Il y a ses mains, des mains qui pourraient écrire, longues et fortes.

Dans l'immeuble moderne, je cherche la porte de son appartement.

Je ne me souviens pas de mes nuits. Il y a un vertige, après le Rex, à cause de la musique rivée aux pulsations du cœur. Écrire serait aussi danser, c'est-à-dire suivre ses lignes de sang.

Il y a une baie vitrée chez Françoise, un petit jardin, des murs blancs entre les appartements, après le boulevard de Charonne.

Le métro, les visages sans voix.

5 février

Françoise ne veut pas que je la désire. C'est une façon de se faire aimer, je crois. Il faut attendre. J'ai tant attendu, j'ai tant compté de nuits.

7 février

Au téléphone, c'est toujours la voix de Françoise qui appelle, qui demande.

Je sais venir.

8 février

Souvent, je pense que les nuits doivent se fermer. Souvent je pense que l'écriture est une forme de folie. Il faut doubler, chaque fois, la vie. Il faut répéter les corps et les visages.

Il y a un vœu amoureux. Il y a un vœu d'écriture aussi.

Je me suis promise.

Françoise n'aime que les voix de Marc Almond, des Pet Shop Boys, de David Sylvian.

Il y a des filles qui se sauvent du Milieu des Filles.

Il y a des femmes à garçons.

Il y a plusieurs formes d'écriture

10 février

Il y a des yeux sans amour.

Françoise m'invite à dîner, le soir. Elle dit : Tu ne peux pas rester.

Je rentre dans la nuit, je suis dans le corps de Julien, parfois.

12 février

Il faut du temps aux gens, dit Mikie.

Souvent, je regarde Françoise danser avec Lionel. Elle a un air amoureux.
Ils vont à Londres, ensemble, ils vont acheter des disques et des vêtements.

Avec Julien, on s'embrassait devant tout le monde. Nous n'avions pas honte.

15 février

Je lui apporte du vin, que nous buvons, lentement. Nous parlons, toutes les deux.

Je n'ai jamais le droit de rester.

Il y a une écriture qui ne prend pas, malgré son sujet.

Je deviens un forçat.

Julien pouvait traverser toute la piscine Deligny, sans respirer.

16 février

Je vais au Soft, je veux retrouver ma nuit.

Je prie pour ne jamais développer de haine. Il y a des écritures méchantes, des règlements de comptes. L'écriture de Julien sur ses cartes postales était illisible.

18 février

Françoise m'invite à une fête chez Éric et Lionel.

Nous n'avons pas le même âge et je me sens déjà si épuisée.

La nuit est un corps que je porte.

Lionel dit : Je ne t'aime pas trop.

Françoise m'embrasse. Il y a une écriture qui soigne.

Je ne l'imagine pas dans l'enfance. Je ne vois pas son premier visage.

19 février

La main qui écrit est une main qui guérit.

Je n'ai jamais écrit de lettres de rupture. Je n'ai écrit que des lettres d'amour.

Françoise n'a aucune photographie d'elle. Je n'ai que son visage, que son corps d'aujourd'hui.

Le soleil entre dans son studio par la baie vitrée. Françoise n'aime pas mes yeux tristes.

Il n'y a qu'une fille au monde. Il n'y a qu'une nuit sacrée.

Mon intelligence m'a toujours sauvée de ma jeunesse, de cet écart-là. Je sais faire.

La nuit est une leçon.

Je rêve d'épouser l'écriture d'un auteur, de la suivre, pour apprendre. Je rêve d'une transmission des forces.

22 février

Je ne sais pas si on peut se remettre de l'écriture. Je ne sais pas si on peut se remettre de l'amour.

J'écris pour Françoise.

Il y a une vraie beauté dans un corps qui se cache. Il y a une vraie douceur à l'embrasser, à le transformer.

Françoise a peur de la nuit.

24 février

Nous marchons boulevard de Charonne pour calmer ses angoisses. Elle prend du Lexomil.

Elle respire dans un sac en papier kraft. Elle a trop d'oxygène dans le sang.

Les gens blessés par leur enfance ont le cœur qui saigne. C'est une vraie maladie.

Je porte Françoise dans la nuit.

25 février

Au Rex, Françoise prend un ecsta et dit : Tu ne peux pas comprendre.

27 février

Nous montons à Montmartre comme un couple normal.

Je hais l'orgue de Barbarie.

Françoise me retire l'écriture, par son seul silence, par son seul mépris.

1er mars

Il y a une écriture blanche qui vient avec la peur.

J'ai le droit de rester au studio, de l'attendre ou d'attendre le soleil dans le jardin, l'après-midi.

Je ne suis pas Julien. Je ne serai jamais dans l'amour des garçons.

3 mars

Françoise travaille rue d'Alleray, dans une société d'informatique. Elle ne vient pas du Milieu des Filles.

Dans la rue, je n'ai pas le droit de la toucher.

Un jour, au Monoprix de la Nation : Tu ne pourrais pas te crever un œil ? Les hommes n'arrêtent pas de te regarder.

Il y a des corps ennemis comme il y a de mauvaises écritures.

J'ai toujours défendu les femmes que j'aimais.

7 mars

Françoise : Ce week-end, on ne se voit pas. Janik vient.

Leurs deux corps contre les corps d'Antoine et de Julien.

Je sors dans une nouvelle boîte pour filles, le Memory's.

La nuit revient toujours. J'aime le Milieu des Filles.

9 mars

Au Memory's, j'ai vu une fille qui ressemblait à un beau garçon.

Les corps qui dansent sont toujours les corps de ma nuit.

Je m'ouvre la main, par accident.

Je suis déjà dans la mémoire de Françoise, je suis déjà dans la mémoire amoureuse. Il y a un rapport de forces entre les corps comme il y a un rapport d'équilibre entre les mots.

Je dois me laisser emporter par la nuit.

Il faut vivre sans Françoise.

10 mars

Je me sens libre, sous la pluie.

11 mars

J'écris, pour être avec elle.

12 mars

Quand je pense à son visage, j'ai envie de pleurer. Il est sans enfance.

13 mars

Ses yeux durs, dit Mikie.

14 mars

Je n'ai aucune fierté en amour. Seul le corps sait.

15 mars

Je reviens chez Françoise et je quitte ma nuit.

16 mars

Il y a une écriture vaudoue.

Elle dit : Ta lettre m'a fait pleurer.

J'ai écrit sur la tristesse d'un corps qui se penche. J'ai écrit sur la lenteur de la nuit. J'ai écrit dans une langue amoureuse.

17 mars

Lionel, à mon sujet : Elle a un intérêt ?

Il y a des corps amoureux. On ne peut pas lutter contre cela.

A Biarritz, la mer était si violente que nous ne pouvions pas la regarder.

J'attends Françoise chez elle et je ne me sens jamais chez moi.

Je ne peux pas écrire chez une fille.

18 mars

Les mots doivent couvrir le corps, comme la nuit.

Au Scorp, Françoise regarde les filles et je suis jalouse de cela.

Nous rentrons juste après la nuit.

C'est elle qui me recouvre entièrement, c'est elle qui m'étouffe.

Tout son parfum, dans les draps.

19 mars

Je peux encore partir.

Je peux encore changer de sujet.

20 mars

Nous allons au cinéma voir *Torch Song Trilogy*. Je l'ai entendue pleurer.

Dans la rue, il y a un vrai plaisir, entre nous.

Il y a une reconnaissance amoureuse. Elle a quitté Janik.

Je pourrais écrire un livre pour une seule personne. Je pourrais vivre d'un seul amour.

23 mars

Je sais toujours écrire. Je saurai toujours.

Au Kat, je mentais sur mon âge.

Au Boy, Julien disait qu'il travaillait dans une galerie d'art.

24 mars

Je n'ai pas honte d'attendre Françoise.

30 mars

Nous sortons au Boy, je ne suis plus dans la nuit de Julien.

Françoise craque sur un garçon mais il n'aime pas les filles.

Je sais danser. Je sais fermer les yeux. Il y a une possession amoureuse.

5 avril

Elle me retrouve chez elle.

Elle ne veut pas se montrer avec moi.

Elle dit : Il serait plus simple de te quitter.

7 avril

Je ne veux plus voir Mikie. Je ne veux plus sortir. Je pense aux arbres du Luxembourg qui plient sous le vent. Je pense à mon écriture. Elle est ainsi. Elle va vers une disparition.

9 avril

Il n'y a aucune écriture du chagrin.

11 avril

Je garde le corps de Françoise dans mon corps comme je gardais le corps de Marion avant.

Il y a plusieurs amours. Il y a plusieurs vies d'adoration.

La nuit n'est rien.

Mon corps est immense, seul, sur la piste du Memory's.

Toutes les filles du Milieu des Filles sont des cœurs tendres.

Il y a une vraie douceur, après la tristesse.

L'écriture ne répare pas l'amour.

Mes yeux, disait Françoise.

13 avril

Elle est à Londres, elle est à Bruxelles, elle est à la campagne, dit Mikie.

L'amour devient la haine.

Au téléphone, elle ne prend pas ma voix.

Je vais à Nation, j'attends au café.

15 avril

Elle m'embrasse dans la lumière bleue du Rex.

18 avril

Je viens de l'écriture.

20 avril

Connaissez-vous Françoise ?

22 avril

Elle dit : J'ai dansé toute la nuit.

24 avril

L'immense peur de retomber dans le Milieu des Filles, d'attendre et de chercher un visage.

Il y a une tentation du refus d'aimer, comme du refus d'écrire.

Je veux être à la fin de ma nuit.

Julien disait qu'il n'avait pas peur de la mort.

Au Kat, les filles se battaient parfois avec des tessons de bouteille.

25 avril

Au Boy, Françoise embrasse un garçon que je ne connais pas.

Toutes les nuits sont infinies.

27 avril

Dans son jardin, nous mangeons au soleil.

La musique vient sur la peau.

On devrait pouvoir tout écrire, d'une écriture qui viendrait de l'intérieur de soi, une écriture secrète et inédite.

Avec ses mains dans mes cheveux, c'est l'été, déjà.

Il y a le souvenir de Julien, désormais.

28 avril

L'amour, au jour le jour, comme l'évolution d'une maladie.

J'ai une fièvre légère et sans gravité.

Avant je vérifiais la peau de Julien.

L'amour est compté.

Je peux effacer la nuit, je peux effacer toute l'écriture, je peux effacer les corps d'avant. Où es-tu, Marion ?

Il y a une malédiction amoureuse.

Les sangs mêlés.

Elle dit : Je suis fatiguée de toi.

30 avril

Je pourrais envoyer des lettres anonymes.

Les mains des filles, sur le ventre, les mains des garçons, à la taille.

2 mai

Elle dit : Je veux sortir sans toi. Je veux m'amuser.

3 mai

Tous les corps du Boy sont des corps mourants.

Julien a changé de numéro de téléphone.

5 mai

Il y a une folie amoureuse.

7 mai

Il y a une chute dans l'écriture, comme une main qui ne reconnaît plus.

Dans l'herbe du jardin, elle m'embrasse longtemps.

Françoise est aussi sans jeunesse.

8 mai

Après le Rex, elle dit : Je suis en descente et tu es bien la dernière personne avec qui j'ai envie d'être.

11 mai

Il faut assumer son écriture.

Il faut défaire le lien.

J'attends comme avant je cherchais.

Je rêve d'une écriture savante. Je rêve d'une écriture scientifique.

12 mai

Avant je croyais avoir un destin, avant je suivais la ligne des arbres du Luxembourg, avant j'avais le désir des corps, avant je croyais.

Toute ma vie à me défaire des autres. Toute ma vie à chercher mon deuxième visage.

13 mai

La voix de Mikie : Je l'ai vue au Memory's, avec une fille.

14 mai

J'ai toujours cru en l'amour, j'ai toujours pensé que le désir ne mourrait pas vraiment.

Il y a un secret chez les filles.

Il faudrait inventer une nouvelle écriture.

Je ne sais pas s'il me faudra choisir un jour entre écrire et aimer.

16 mai

Nous dormons, l'après-midi, dans le petit jardin du boulevard de Charonne.

Mon corps devient sans nostalgie.

17 mai

La voix de Mikie : J'ai toujours été amoureuse de Françoise.

Marc Almond chante avec une voix pure, on devrait toujours écrire ainsi, on devrait toujours suivre son intonation.

19 mai

Françoise organise un dîner, dans son jardin. Sa peau est changée par le soleil. Il y a une gaieté, juste avant l'été.

Avant, Marion s'enduisait d'huile de palme.

Avant, Marion disait : Nous deux, c'est pour la vie.

Avant, Marion tenait ma main et embrassait mes yeux.

Avant, Marion m'appelait, de la plage, de la mer, de la digue, et je courais vers le corps amoureux.

Avant, je savais l'amour.

Avant, j'allais gagner le Milieu des Filles.

Avant, je regardais le ciel et je croyais au paradis.

Avant, Françoise n'embrassait qu'une seule fille.

Je pourrais les gifler, mais je quitte le jardin.

22 mai

Dans la nuit, je cherche mon écriture. Dans la nuit je cherche le corps de Françoise.

23 mai

Françoise appelle et je viens encore.

Il y a une mémoire de la peau.

24 mai

Je suis mes habitudes amoureuses, son salon, sa salle de bains, son jardin, sa voix qui ordonne.

25 mai

Quand j'ai rencontré Marion, j'ai tout de suite su que je l'aimerais. Quand j'ai rencontré Julien, j'ai eu peur du désir, avec Françoise j'ai un vide autour de mon corps qui pourrait ruiner mon écriture.

Il y a des gens qui donnent, il y a des gens qui retirent.

Je pourrais m'effacer de son corps. Je pourrais m'effacer de sa nuit.

Julien aurait pu voler mon écriture, il aurait pu la recopier.

Monsieur Ripley.

Il n'y a aucune homosexualité. Cela n'existe pas.

Déjà, dans les mots, se tient l'invention.

Déjà, dans l'écriture, se déploie l'amour.

27 mai

Je me suis battue avec Françoise.

Avant de quitter son appartement, elle m'a dit : Tu m'as toujours fait peur.

21 juin

C'est le premier jour de l'été. Je vois Julien à la télévision, un carré noir cache son visage ; je reconnais sa voix, ses grains de beauté sur ses épaules, Julien témoigne sur l'homosexualité. Il dit vouloir garder l'anonymat à cause de ses parents, de sa mère surtout, il est pieds nus, en jean et en débardeur blanc, on le filme dans son appartement, de face, de dos, en contre-champ, on le filme au volant de sa voiture, à la station-service, devant un salon de massage, dans le Marais. Julien dit sa vie, vite, à l'écran, comme s'il allait mourir ; dans sa voix, ses gestes et son corps dressé, je reconnais son mépris. Avant, nous vivions la nuit, comme deux fous. Avant, Julien dansait contre moi. Il nous arrivait de nous embrasser, nos baisers étaient d'une grande solitude. J'ai gardé une lettre de lui qui s'achève ainsi : « Tu es la femme dont je rêvais enfant. » J'ai gardé un Polaroid de nous deux sous le Jeu de Paume, au petit matin, Julien torse nu, moi portant l'appareil à bout de bras.

Au sujet des hommes, Julien disait : À force d'avoir voulu les aimer, j'ai fini par les détester.

Je crois lui ressembler, je n'ai pas ses traits, j'ai son désespoir amoureux.

Ce volume a été composé par
I.G.S. - Charente Photogravure à L'Isle-d'Espagnac (16)

Achevé d'imprimer en février 2004
sur presse Cameron
dans les ateliers de
Bussière Camedan Imprimeries
à Saint-Amand-Montrond (Cher)
pour le compte des Éditions Stock
31, rue de Fleurus, 75006 Paris

Imprimé en France

Dépôt légal : mars 2004
N° d'édition : 43284. – N° d'impression : 040768/1
ISBN : 2-234-05660-8

54-02-5660/3